방안에 핀 목화송이들

사임당 시인선 23
방안에 핀 목화송이들

© 2023 김재분

초판인쇄 | 2023년 5월 10일
초판발행 | 2023년 5월 20일

지 은 이 | 김재분
펴 낸 이 | 배재경
펴 낸 곳 | 도서출판 작가마을
등   록 | 제 2002-000012호
주   소 | 부산광역시 중구 대청로 141번길 15-1 대륙빌딩 301호
　　　　　　서울시 도봉구 도당로 82(방학1동, 방학사진관 3층)
　　　　　　T. 051)248-4145, 2598   F. 051)248-0723   E. seepoet@hanmail.net

ISBN 979-11-5606-221-9 03810   정가 10,000원

※ 본 도서는 한국인예술인 복지재단의 '창작준비금지원사업–창작디딤돌' 지원을 받았습니다.

사임당 시인선 23

방안에 핀 목화송이들

김재분 시집

도서출판
작가마을

어린 시절 한복을 곱게 차려입은 할머니와 손잡고 뒷산 등성이에 자리 잡은 절에 다녔습니다. 오솔길 같은 할머니의 가르마와 쪽 찐 머리에서 빛나던 은비녀가 오늘은 새삼스럽게 내 기억 속에 아지랑이처럼 피어오릅니다.

할머니는 항상 내게 하시는 말씀이 "모든 사람은 인연법으로 만나고 헤어지는 것이다."라고 하시며 사람의 관계에 대해서 말씀하셨습니다.

시를 쓰게 된 계기도 좋은 인연법의 소산물이라 여깁니다. 시 낭송을 하면서 마음에 찾아오는 기쁨과 슬픔을 부끄럼과 함께 써 내려갔습니다. 부족한 글을 흔쾌히 읽어 주시고 평론해 주신 정영자 평론가님과 용기를 북돋아 주신 문우들께 고마운 마음을 전하며, 제 삶의 흔적을 세상 속으로 떠나보냅니다.

2023년 봄

김 재 분

차례

차례

3부

4부

방안에 핀 목화송이들

김재분

제1부

1월 편지

한겨울 된바람에도
추억은 춤을 추고

아지랑이 아롱아롱 피어오를 때
사랑은 찾아와

오뉴월
뜨거운 햇살 당겨
나뭇잎 더욱 푸르러
함께 짙어 간 사랑

그 사랑 붉게 익어
동백꽃으로 피어난 향기
더듬어 보는 1월의 첫날
보고 싶다 그대

십 리 대숲

햇살 한 줌 바람 한 줌 먹고
대숲은 이미 초록이다

무리 지어 소소 거리는 대나무
대쪽 같은 선비의 마음 일렁인다

양쪽으로 늘어선 선비들
네 편 내 편 어디 있나

어깨동무하며 출렁출렁 흘러가는
십 리 대숲 초록을 보아라

마음 물들이다

다정한 여인들
손에 손을 잡고
오월, 푸르름을 데리고
그녀의 집으로 갔어요

모자 쓰고 앞치마 입고
마음속에 깊게 내려앉은
물감을 휘휘 저어 꿈을 그리는
저 손길들 좀 보세요

손끝에서 열리는 쪽빛 바다
노랑나비 너울너울 날아가고
빨강꽃 숨죽이며 피어나네요

쑥국

지리산 자락
굽이굽이 흐르는 섬진강
뽀오얀 물안개 한가롭게 피어오르면
나도 모르게 마음을 빼앗겨준다

마른 잡초 사이 한겨울 잘 견딘 어린 쑥
하얀 털 송송한 봄을 다듬어 끓여낸 국
봄의 향기로 헹구어 낸 공간에
문우들과 웃음꽃 피워보는
봄날 한가로움이 귀하다

한번 웃음에 근심 날리고
두 번 웃음에 하심을 배워
쑥대밭처럼 엉켜있던 육신이 편하다

밤비

땅속으로 스미던 빗물
나무의 혈관을 타고 올라와
나뭇가지를 흔들어 깨운다

아직 머물고 있는 겨울
마무리하지 못한 마음의 숙제
끝나지 않는 역병

비에 쓸려가듯
새봄은 새봄답게
산천에 수놓을 시간

배움터

어느 봄날 찾아간 공간
시의 노래
그리움을 가슴으로 우려내는 소리

두들기고 다듬어
모난 소리 둥그러질 때까지
담금질하는 대장간

세상에서 만나기 어려운 또 한 세상
마음 고운 사람들이 만나는 곳
비 오고 바람 불어도 그곳으로 간다

비 오는 날

시골 가는 버스
비와 함께 소풍을 간다네
맨살로 쉬고 있던 논밭이
온통 초록으로 물들었네
쪼르르 창문을 타고 내려오는
빗물이 고향을 물들이고
나에게 스미고 있네

봄

꽃잎 터지는 소리
봄의 웃음
손잡고 걸어가는 노부부
따라 웃는다

겁의 인연으로 만나
찬란했던 젊은 날도
세찬 비바람과 맞서며
살아온 인생길
서녘 하늘을 물들이는
황혼을 바라본다

봄 2

간밤에 온 비에
봄이 걸린 매화 가지

봄 향기 담뿍 안고
햇살을 받는다

뼈만 남은 가지 끝
살며시 웃는 실눈

볼록한 연두 주머니
조롱조롱 매단 토촌마을

봄비

나뭇가지에 반짝이는 빗방울
얼음 녹는 소리가 봄을 부른다

휘어진 가지에 얼굴 내민 개나리
철없이 웃고 있다

겨울의 끝자락
한낮 햇살 속으로 걸어간다

소풍 가는 날

갈매기 노랫소리 질펀하게 깔린
여수 오동동 선착장에서
페리호를 타고 바다로 나간다
큰 배는 파티장
흔들리는 몸 팔과 팔이 파도를 탄다

서투른 몸짓도 행복하다

화전놀이 1

꽃비 내리는 봄날
차밭골 금강사에 詩 향기 흩날리던 날
동그란 팬에 꽃이 피었다

매섭던 동장군도 봄기운에 밀려
잔설 속 얕은 물소리 정다울 때
여인들의 손끝에 벚꽃이 활짝 피었다

시가 저절로 익어가는 봄날
화전놀이로 웃음꽃 만발하였다

그리움

풀잎에 맺힌 이슬처럼
그리움이 찾아올까

낙엽 하나 달빛 한 줄기에도
쓸쓸함이 배어있는데

천 개의 별만큼
할 말은 가슴에 쌓이는데

봄날이 오기를 기다려도
오지 않을 그대

오월

오월이 오면 생각이 난다
먼 곳에 있어도 향기로 전해오고
가까운 곳에 있어도 바람이 되고 햇살이 되어
내게 안부를 묻는다

장미처럼 붉게 익어가는 마음
가시로 돋아나 살이 되고
기다림에 두 눈은
담장 밖을 기웃거린다

어둠은 실비처럼 내리고
서쪽 하늘 노을빛으로 물들 때
별빛 밟고 오려나
달빛으로 오려나

광안대교

고운 紗 치맛자락이 휘감은 광안대교 위로
인생 열차 쉬지 않고 달린다

어여쁜 새아씨 화관 쓰고 오시듯
해님을 머리에 이고
쌓다가 허물고 또 쌓는 모래성

광안대교는 오늘도 오지 않은
미래의 희망을 나른다

바람의 언덕

무더운 날씨
오늘도 길을 나선다

지난 일을 내려두고 발길을 옮긴다
떠난 사람의 향기가 맴돌다가 따라온다

고개를 들어 하늘을 쳐다본다
푸른 하늘을 떠도는 구름도
어디론가 바삐 발걸음을 옮긴다

낡고 빛바랜 삶 떠나지 못하고
정자나무 아래 작은 의자 위
머물고 있다

광안리

운해 속을 떠다니는 아파트는 무릉도원
온 세상을 포근히 감싸던 해님은
첨벙거리며 바닷속으로 뛰어든다

떠나지 못한 갈매기 한 마리
물수제비를 뜨며 은빛 바다에서
노래하는 아름다운 광안리 바다

노래 교실

노래 교실 가는 길
장대비가 살사춤을 춘다

사천읍 사무소 언덕 위에
배롱나무 꽃잎 위 물방울 진주 영롱하다

두리번거리며 찾은 교실 안
예쁜 옷에 분단장한 할머니
온화한 미소로 반긴다

남은 인생
고목에 새싹 돋아나듯
빛나는 인생

가을

소풍 마치고 떠나는
어느 시인의 시처럼
가마우지는 논이랑을 헤메다가
가을에 훌쩍 떠났다

쑥꽃은 별빛 같은 눈망울로
여름 보내고
나팔꽃과 달개비는
다투지 않고 세상을 물들인다

바람에 여물어 가는 벼이삭
오르고 싶은 차례상 손꼽아 기다리고
들길에 서서 가을의 풍요를 기다린다

방안에 핀 목화송이들

김재분

제2부

찻자리

사각 소반 가장자리
다소곳이 자리한 백서향 한가지

오종종 매달린 하얀 꽃잎 꽃잎들
강강수월래 강강수월래
춤을 춘다

꽃은 봄바람 타고
나비처럼 살포시 내려와
청자 다관에 우려낸 五味

아 —
화사한 봄날
아지랑이로 피어오르는 모습
입 안에 감도는 차향처럼
가슴에 품어보는 그대 향기

차를 우리며

코끝에 스미는 청아한 향기
귓속에 걸리는 솔바람

솔솔솔 끓어오르는 물
게눈 새우눈 물고기 눈을 지나면
마음을 헹구어 우리는 차

설한풍 견뎌내고 싹 틔운 여린 잎
그 찻잎 따다 우려내는 신새벽

차 한 잔에 가슴 데우며
시작하는 하루

세월

찻물 끓이던 주전자 고장 났다
새것 하나 구입할까 고쳐 쓸까
두 마음 바쁘다

동네 한 바퀴 돌며 구석구석 뒤졌다
담 모퉁이 돌아 한적한 곳
햇빛에 바랜 간판
눈 안으로 쏘옥 들어온다

주인의 손때 묻어
반짝반짝 빛나는 전자제품
자리다툼 않고 서로가 정답다

다시, 마음 뜨겁게 데울 찻자리
제자리 지키던 주전자 떠나보내고
새 주인을 맞이하던 날

달빛 차회

설레는 가슴으로 모여든 인연
이곳의 자취를 알고 있는
은행나무 두 그루도
달빛 머리에 이고 섰네

선비들 갓끈 흔들며 오가고
글 읽는 소리
귓속에서 다시 살아나
먹물 같은 머릿속을 밝혀주네

하늘에 뜬 보름달을 따다가
곱게 펼친 찻자리 동래 향교
고달픈 인간사 훌훌 날려 보내고
도란도란 익어가는 다담
아! 깊어가는 가을밤 차회

곡우

싱그런 바람
온몸으로 맞으며
비탈진 산으로 간다

길가의 들꽃은 벌써 일어나
방긋방긋 웃는다

이쪽에서 포르릉
저쪽에서 포르릉 새가 날아오른다

봉긋 솟은 해님
흙과 바람 하늘이 키운
연한 찻잎이 눈인사를 건넨다

보드란 찻잎의 혀가
손끝에서 춤을 춘다

녹차와 매화의 만남

사람도 혼자보다는 둘이 좋고 셋 보다
여러 명이 어우러져 사람의 향기를 만들 듯
녹차와 매화 향기의 만남은 설레임이다

녹매화차
구증구포의 고통을 지나야
향기롭듯 사람도 상처가 없는 사람은
향기가 없다

달짝지근한 녹매화 향은
어머니 젖가슴에서 나는 향기다
그 향기 속에 어머니의 고단한
삶이 짙게 녹아 있다

산야초차

자유를 향해 지하에서 세상 밖으로
햇살을 맘껏 즐기는 새싹들
속삭이는 마음으로 바구니에 담아
청정수에 담궈 따스한 봄바람에
몸을 말린다

달궈진 가마솥에 맛과 향이 다른 새싹들
몸 부비며 긴 여행을 한다
다시 태어나는 色. 香. 味

다정한 벗들과 차 한 잔에 스며든
일상의 번잡한 생각도
가벼워지고 고요하다

茶談

오월 !
푸름 넘실거리는 골짜기
천년의 유천을 길어올려
곡우에 따온 찻잎 우려
밤을 세워 마음을 나눠보세
정다운 벗이여
저 산의 푸름처럼
한 세상 살아보세

지상의 낙원

초록 물결 폭포수 되어
흐르던 곡우

어질고 순한 차밭에
삶의 그림자를 내려놓으면
마음이 호수처럼 잔잔하다

햇살을 등지고 채엽한 찻잎
달님 같은 채반에서 눈부시다

구증구포의 시간을 견뎌
차 한 잔 머금으면
여기가 지상의 낙원

휴식

유리 다관에 물을 채워
하늘거리며 춤추는 찻잎을 본다
오월, 물소리 농원의 녹차
앞산 벗 삼고 맑은 공기 마시며 자란
햇차 손안에 머문다
창가에 봄빛 익을 때
차향도 짙다

차향

칼바람 속에서도
햇살을 가슴으로 품은 검푸른 차나무

우전차는 싱그러운 풋사랑
두물차는 달디단 첫사랑
중작中雀은
세상사 넘나들며 만고풍상에 흔들리는
향기 진한 중년의 사랑

봄은 기다려도 오지않고
흔들리는 마음은 나비
차밭 언저리서 서성이는 오늘

작설차雀舌茶

바위틈에 뿌리내린 한 그루 차나무
몇 번의 계절을 넘고 넘어
기름 바른 듯 윤기가 흐른다

곡우 지나 눈에 불 켜고 채엽한
여리고 여린 찻잎의 몸을 말린다

보름달 같은 명석 위에 비비고
무쇠솥에서 진눈깨비처럼 날았다가
사그락거리며 숨죽인다

유리 주전자 속 출렁이는 등파고랑
잦아들 때 고요해지는 내 마음
혀끝에 감도는 향기에 젖어드는 아침

금창초

봄비 오는 아침
고요한 뜰에 함성처럼 터지는
꽃봉오리들

온 세상 꿈틀거리는 생명
돌 틈 속에 꽃배암의 반짝이는 눈
눈부신 햇살 속에서 수줍다

나도 봄빛에
지나간 시간을 기웃거리며
얼굴 붉어지고 있다

골무꽃

피었네 피었네
어머니 무덤가에 피었네

아직도 마름질 못한
자주색 저고리

어둠 밝힌 등잔불 아래서
피우고 계신 골무꽃

피었네 피었네
어머니 무덤이 환하네

古梅

두고 온 고향집 매화나무
불쑥 찾아가면 반겨줄까

웃음 대신 가지마다 내민
볼록볼록한 봉오리들
섭섭함이련가

왁자지껄한 사람 냄새
오랜만에 활짝 웃는 매화나무 한 그루
어머니 만나듯 반갑다

도깨비바늘

모든 시름
연못으로 빠져들게 하는
연꽃의 힘을 아시는가

두 팔 화알짝 벌려
웃을 수 있다는 것
향기를 품을 수 있다는 것

탐, 진, 치 버리고 또 버려도
도깨비바늘처럼 엉겨오는 욕망덩어리
벗기고 벗겨내면
멀리서도 향기를 얻을 수 있는
너를 닮아 가리라

노루귀

어디서 왔을까
예쁘기도 하다

가느다란 다리로
의지하며 살아가는
복순이 할배와 할매같다

따뜻한 햇살 찾아
요리조리 다니며
옹알이하듯 중얼거린다

몇 해나 더 봄을 만날 거냐고
마주보며 빙그레 웃는다

국화 향기

뜨거운 바람 떠나고
서늘한 바람 불어오니
푸르른 풀잎들 고개 숙인다

가랑잎 어지러이 흩날리고
샛노란 국화는 눈부시다

두고 온 옛집
돌담 아래 묻어 놓은
친구들의 비밀스런 이야기도
향기에 실려온다

사랑 꽃

해와 달의 품에서
바람을 일으킨 작은 꽃
가슴에 새겨진 외로운 섬 하나
설운 눈물 뚝뚝 떨어져 꽃이 되었나
피어난 사랑 꽃
물결로 출렁인다

야생화

솔바람 되어 너에게로 다가가서
살며시 흔들어 보고 싶어

고운 너의 얼굴에
고개 숙여 입맞춤도 하고 싶어

그러면 안 되지
지나가는 길손들이 슬퍼하겠지

찔레꽃 1

내게 당신이 찾아오면
여름이 가까이 온 것을 압니다

푸른 물결 내려앉은 한적한 시골길

가시 속 밝게 웃는 당신의 향기로
멱을 감습니다

방안에 핀 목화송이들

김재분

제3부

천은사 가는 길

오월의 길목
천은사 계곡에 물 흐르듯
따라 흐르는 목탁 소리

볼 부비는 솔바람
시간처럼 켜켜이 내려앉은 나뭇잎
부서져 내리는 소리도 정답다

옛사람 그리워 찾아온 곳
주인은 간데없고 기다리던 눈동자
추녀 끝에서 반긴다

복천암

-충북 보은
꼬불꼬불 오솔길 옆
무리 지어 춤추는 황매화

복천암 지나 신미대사 부도탑 가는 길
기역 니은 미음 한글을 쓰는
등 굽은 소나무

천둥 번개에 주저앉은 소나무도
부도탑을 향해 일보일배 나아간다

육중한 부도탑에 헌다한 손
성큼성큼 걸어와 잡아 주는 손

나무 사이로 햇살 당겨
마주 보며 합장했다

석조어람 관세음보살

떡갈나무 단풍잎 떨어진 비단길
사박사박 발자국 소리 정겹다

찬란한 햇살 달콤한 향기
금랑각 아래 비단 물결로 흐른다

성덕산 금랑각의 두 마리 용
눈 부릅뜨고 관음사를 지키고 있다

원통전 앞 석조어람 관음보살님
심청을 안고 세월을 낚는다

관음사

모습이 없는 이념 대립으로 맞서
피눈물 고이고 잿더미에
자신을 내어준 도량
한때는 적멸에 들어
오가는 사람도 없었을
관음도량 관음사
몸뚱이는 내어주고
아직 의연하게 보살행을 하시는
원통전 관세음보살님

불일암

스님의 일생이 고스란히 담겨있는
나뭇잎도 남새밭 바람 소리도
고요한 곳

보이지도 만져지지도 않는
마음 비우고 또 비우시며
걷고 걸었을 대나무 숲길
오늘은 시원한 바람으로 반긴다

중생들아
과거와 미래에 집착하지 말고
오늘 이 시간에 감사하라고
법문하신다

도량석

똑똑 또르르
새벽을 깨우는 목탁 소리에
천지 만물이 부스스 몸을 세운다

대웅전에 가부좌하고 감는 눈
부처와 내가 분별이 없고
해탈을 향한 염원 깊어만 간다

운행하는 우주의 기운 따라
송광사의 禪氣 개울 속을 흐르고
나도 따라 흐른다

수선사

비가 온 뒤 진초록으로 짙어가는
지리산 계곡 수선사에
아담한 연지가 있다.

시절 인연 따라 무거웠던 마음
연지에 묻어 놓고 눈을 감는다

새벽부터
연잎 방석에 앉은 거북 선사님
정적을 삼키고 삼매에 들었다

여래의 향기 따라
녹야원에 道 닦는
세상으로 지혜를 보내는 거북

스님 연비 받고 뭘 깨달았습니까

스님, 연비 받고 뭘 깨달았습니까

… …

스님 소신공양으로 뭘 깨달았습니까

분별심을 가져야 합니다

오직 여래를 만나려고 이 자리에 있습니다

여래는 바로 당신입니다

당신을 통해

지금 여래를 친견하고 있습니다

반월교

붉디붉은 마음
염불 속에 걸어두고

두 손 모아
오늘도 法田에서 쉬어가는 날

자장율사 떠난 천년의 시간
지혜의 법문으로 멱을 감는다

겉과 속이 잘 삭은
법신의 색 은회색
구름 속 반월교에 무지개로 걸렸다

방 안에 핀 목화송이들

절간에서 보내온 분홍 보자기
두 손으로 받아들고 매듭 풀었습니다

목탁 소리에 해진 큰스님 동방
누군가의 손끝에서 한 땀 한 땀
땀방울로 태어난 법의 앞에
고개가 저절로 숙여집니다

때아닌 텃밭의 목화, 스님 옷에 피어도
떠나보내지 못한 인연
쓰다듬다 보내왔을 닳고 닳은 동방
보고 또 보다가 수행하듯
하늘에 펼쳐놓고 다시 짓습니다

해장 보각 앞마당

온갖 근심 떠나보내고
버티고 선 나무
부모님을 닮았다

다 내어주고 서리맞은 몸
쓸쓸한 표정으로 고개 흔들고
무정설법 청정수 흐르는 천변
낙엽은 무심천을 따라 흐른다

구암사

오랜 인연으로 찾아간 사천 구암사
초하루 기도차 들렀다
지리산 법계사를 오르내릴 때
문수동자처럼 빙그레 미소 짓던 스님

오늘 친견하니 파르라니 깎은 머리
하얀 털모자를 썼다
바람결에 들리는 공양간의 그릇 부딪치는 소리
정겨운 사람 냄새 지난 세월이 그립다

구암사를 등 뒤에 두고
서산에 기우는 노을을 밟으며
집으로 간다

달빛 내려앉은 길

아름드리 홍송이 줄지어 있는 길
한 발 두발 내딛는 발걸음 따라
근심 보따리도 따라 걷는다

무겁게 따라온 마음
풀어헤쳐 세어보고 또 세어보고
고개 숙여 엎드리면 고요만 에워싼다

부처님과 눈 맞추고 집으로 돌아오는 길
계곡에 내려앉은 달빛 소리 청아하고
발걸음도 가볍다

솔씨

구름 넘나드는 영취산 아래
새들은 날아들고 꽃들은 피고 지고

탑 아래 작은 돌 틈 사이
자리잡고 앉아 하늘 바라라기 하는 솔씨

대승들의 부도탑을
굽어보는 소나무 어머니의 마음

불두화

무리 지어 핀 불두화 속
밤낮으로 합장하는 오백나한

조금씩 무너져 내리는 육신
행복은 마음에 있다는 것을
이제 가르치네

문득 돌아보니 후회라는 것이
불두화처럼 피어나 나를 밝히네

연지의 하루

복잡한 세상살이 무심으로 받아들여
여기저기 피어난 연꽃

연못 속 작은 생명체들 흔들리고 흔들려서
하나가 되는 몸짓

그대도 오욕을 벗어 두고
연꽃으로 피어나는 달빛 가득한 여름 밤

제4부

백로

휠체어에 앉아 계신 어머니
그 눈 속에 가족이 서성인다

너희가 어릴 때는 인생이 여행이었지
빛나던 동공은 어느새 적멸의 바다

어머니 떠나고
삐걱거리던 대문 안으로
새들도 찾아오지 않았다

한 세상 잘 지내고 이제 떠난다
겁의 세월이 지나도 항상
그곳에 머물고 계실 듯한 어머니

가족

사람이 그리운 시간
TV속 사람들도 가족 같다

눈길 머무는 마당 구석진 곳
작은 들꽃의 몸짓에도
내가 웃는다

살랑거리는 바람 따라오는 생명
홀로 앉은 내 손등 위로 오는 너에게
가족이라 말한다

고향

오랫동안 닫힌 대문
활짝 열렸다.

기다림이 즐거움이던 부모님
구름 되어 흘러가고
자식들은 여름날
소낙비처럼 지나간다

남새밭 녹슨 쇠말뚝에
빨간 잠자리 서성거리고
내 추억도 그곳에 머물러 있다

남편

밉다가도 고운 당신
뇌경색과 친구한지 1년 5개월
위용거리며 달리는 구급차 안
근육은 쪼그라져 콩알만 한 내 몸
긴박한 시간을 지나 깨어난 당신
누구냐고 내게 물었다

만감이 교차하는 시간
미움보다 밀려오는 안타까움
살아온 시간 앞에 고개 숙이는 나
살아만 있어 달라고 두 손 모은 나
태풍이 지나간 자리 환한 꽃이 피었다
오늘은 실바람에 옷깃 세우며
황혼의 인생길을 손잡고 걸어간다

첫걸음

가까이 있어도 멀리 있는 듯
먼 곳에 있어도 가깝게 있는 듯
뿌연 먼지 뒤집어쓰고 빤히 쳐다봐도
데면데면 살아왔다

쌩쌩 바람 부는 겨울날
햇볕 풍요로운 마루에 앉아
테이프에 빼곡하게 박힌 名詩
귓속으로 파고드는 소리 듣는다

귓속에 쌓인 많은 활자들
입안에서 꿈틀거리다
날개 달고 훨훨 날아가다
홀씨처럼 가슴에 박혀
참꽃 같이 피어났다

나도 한 송이 꽃으로 피어나
메마른 너의 가슴에 꽃향기
전하려고 첫 발걸음 내딛는다

세월

주름진 얼굴
세월 지나간 흔적이 고여 있다

주린 배를 참아가며
앞산 꾀꼬리 소리에 쟁기질하는 농부

이 고랑 고구마 저 고랑 고추
보리 고랑 자운영도 웃고 있다

아침 햇살에 깃털 고르는 참새
농부의 빛나는 땀방울
주름진 얼굴에 고였다가 주룩주룩 내린다

백발 할머니

연못가에 쭈그리고 앉은
시한부 인생
지나간 세월 손가락 구부리며
헤아리고 있다

언젠가 손 내밀고 찾아온 인연
매몰차게 밀어내고 지나온 세월
켜켜이 쌓인 후회

어느 곳에 살고 있는지
흰 구름에게 물었다

아름답던 모습 허물어지고
부는 바람에도 가슴 설레는
백발 할머니

망부석

긴 포말이 어깨동무하며
밀려오는 새벽 바닷가
노인은 할 말을 잊은 채
먼 곳을 바라본다

서쪽으로 간 세월을
동쪽에서 찾는 노인
면사포 같은 운무를
두 팔 벌려 끌어안았다

망부석이 된 노인의 은발
바람은 노인의
전생을 휘날리고 있다

꿈

신라 부흥을 꿈꾸며
헐벗고 굶주리며
날마다 마음 다듬는 저 석공

마의태자 덕주공주
슬픈 눈동자를
꿈속에서나 만날까

나라 잃은 신라의 恨
해진 무명옷으로 산천을 떠돌아도
이루지 못한 서글픔만 더하네

세종대왕

속리산 봄바람 소식 오던 날
개울 건너 황동 마을로 갔다

새로 조성된 훈민정음 마당
소탈한 모습으로 책 보고 선 문종

두 눈 마주쳐 내 심장은 멎고
한줄기 강이 되어 흐르는 눈물

오늘은
돌덩이 같은 근심 버리고
온화함으로 백성 맞이하는
세종대왕 어진

비가 왔다

하늘은 무서웠다
장대비가 한 발도 내 디딜 수없게 퍼부었다
하늘과 바다의 경계가 없다
온통 회색

광안대교가 사라졌다
으르릉 쾅쾅 공포 소리 내며
사정없이 때렸다

거대한 자연의 힘
인간의 나약함
겸손해지는 하루

태풍

지난밤 폭우
대지를 할퀴고 지나갔다

끄떡없던 아름드리 소나무도
길게 누워 기지개를 한다

모든 일은 지나가리라
눈 감고 가만히 폭우의 심장을 들여다 본다

辛丑 年 −

농부는 소 이까리를 이리저리 휘젓고
자운영 꽃바람에 손짓하며 웃고 있다
가을걷이 낟가리에 숨바꼭질하던 친구
어느 하늘 아래서 그리움 달래겠지
그 시절 그리워서 옛집을 찾았더니
소구시만 덩그러니 옛이야기 한다
달님을 모셔 와
다담이 익어가는 한밤을 생각하면
옛이야기도 꽃으로 피겠다

비토섬

별주부전의 모태 비토섬
구름 한 점 없는 하늘
잔잔한 물결 위로 햇살 가득하고
물결 밀려다니는 바다
물결 따라 흐르다가 그림 그리다가
물을 차고 오르는 날갯짓의 물방울

세월

단발머리 소녀가 희로애락 지날갈 때
콩밭에 간 적도 없는데
콩팥에 물혹이 있다네

꺼내 본 적 없는 肝
햇빛에 그을렸다네

세월은 강물처럼 흘러가고
갈대숲에 안기는 도요새처럼
숨기고 살았던 내 몸의 보석

마지막 인사

덜커덩거리는 대문 소리
누구신가 나갔더니
지나가는 소슬바람이더이다

삐걱거리는 정지문 소리
누구신가 나갔더니
지나가는 여인의 치마폭 날리는 소리더이다

첫 아이 낳고 웃으며 손잡아 주던 그때
검은 머리 억새꽃 되어 떠나던 날
주인 잃은 호미만 덩그렇게 헛간에서 울더이다

| 발문 |

차와 박음질의 시학

정영자(문학평론가)

차와 박음질의 시학

정영자(문학평론가)

1. 깔끔하고 똑 떨어지는 야무지고 당찬 시인

비음의 가벼운 콧소리를 내며 당당하게 행동하는 시인,
다인, 한복 기능인, 김재분 시인이 등단 7년 만에 첫 시집
을 낸다고 한다. 깔끔하고 똑 떨어지는 야무지고 당찬 여
성이다. 우람한 체구도 아니고 예절 없는 무심의 뚝심 스
타일도 아니다.

무엇이 그를 저토록 예절 있는 언행을 하면서도 씩씩한
선도적 역할 모델로 만들었을까. 아마도 차와 한복의 기능
을 한마음으로 열공하여 이루어 온 자기만의 간절한 환희
가 바탕되었으리라 짐작한다.

그는 차와 한복 바느질에 명인이다. 무슨 무슨 협회에서
주는 그렇고 그런 명인이 아니라 밭일하는 동안 꽃차를 만
들고 산속의 야생 들판과 채소밭이랑 곁에 심어 놓은 찻잎
을 따서 차를 만드는 다인이다. 이웃과 나누는 평범한 기
능인인 동시에 전통 기법을 현대적 통섭으로 창조하는 생

활 다인이며 한복 재단사이다.

불교적인 성찰을 바탕으로 차와 꽃에 매료되고 촘촘하게 박음질하듯 인생을 살아 온 사람만이 가질 수 있는 내공과 그 내공이 무겁지 않도록 때로는 더불어 팔랑거리는 비법을 때때로 보여주는 예인이다.

늦게 등단한 시인이지만 그의 시심은 한복의 재단에서 바느질까지 홈질, 박음질, 공그리기, 감침질에 이르고 찻잎 따기에서 말리고 덖는 과정의 공손하며 진심을 담는 행위에 이르기까지 오랜 세월 속에서 차향처럼 베인 삶의 가닥 가닥을 특성 있게 표현하고 있다. 때문에 시는 그의 생활사였고 그의 땀이었으며 한 송이 꽃을 피우는 마음이기도 했다.

1951년 경남 밀양에서 출생하여 부산과 하동에서 오랜 시간을 보냈고 지금은 부산과 사천을 오가며 바쁘지만 즐거운 나날을 보내고 있다. 봄철의 찻잎과 여름날의 찔레꽃 향기로운 찻물은 그가 아니면 맛볼 수 없는 개성 있는 차의 영역을 확보하고 있다. 쑥차는 대중들의 환호 속에 일품이고 가지 차는 필자의 주문으로 이제는 트레이드마크를 가지고 있을 정도이다.

2016년 《여기》 여름호로 등단하여 오랜 체험에서 우러나온 발효된 일상의 내공으로 2018년 한국꽃문학상 대상, 2022년 영축문학상을 수상하여 부러움을 받았는데 막상 시집을 엮어 읽어 보니 긴장감이 떨어지고 있는 시편이 많았다.

시인이기 전에 생활인으로써의 역할에 한 모금 쉬어 갈

수 없었던 것 같다. 그러나 그의 시는 짧은 시, 짧은 호흡이긴 하지만 현대적 이미지에 맞추고 투명하고 밝은 이미지의 간결한 시적 표현을 구사하고 있다. 한가한 장단의 풍류가 아닌 지금 여기의 풍요와 향기를 시로 묘사하고 있다.

2. 차향은 세월과 함께 베이고

차를 우리는 것은 시간과 공간의 문제다. 그리고 마음이다. 한 마음을 추스르기 위하여 우리는 오랜 시간이 필요했고 차 한 잔 우려내는 신새벽의 시간은 하루를 시작하는 기도이다. 경건한 기도의 말이자 향기로운 삶을 시작하는 날의 마음 헹구는 깨달음과 경건함이 바탕되고 있다.

향기와 솔바람이 일어나는 끓어오르는 찻물의 요동, 찻물에서 일어나는 조용한 움직임을 시인은 솔바람으로 청각적 이미지를 활용하고 있다. 그 찻물의 움직임을 게와 새우, 그리고 물고기의 눈으로 원용하고 있다. 이미 육지의 생수는 바다 이미지로 확대된다.

> 코끝에 스미는 청아한 향기
> 귓속에 걸리는 솔바람
>
> 솔솔솔 끓어오르는 물
> 게눈 새우눈 물고기 눈을 지나면
> 마음을 헹구어 우리는 차

〉

설한풍 견뎌내고 싹 틔운 어린 잎
그 찻잎 따다 우려내는 신새벽

차 한 잔에 가슴 데우며
시작하는 하루

– 「차를 우리며」 전문

싱그런 바람
온몸으로 맞으며
비탈진 산으로 간다

길가의 들꽃은 벌써 일어나
방긋방긋 웃는다

이쪽에서 포르릉
저쪽에서 포르릉 새가 날아오른다

봉긋 솟은 해님
흙과 바람 하늘이 키운
연한 찻잎이 눈인사를 건넨다

보드란 찻잎의 혀가
손끝에서 춤을 춘다

– 「곡우」 전문

시인의 일상은 꽃과 차나무가 있는 들판의 야생적인 싱그러움과 무위자연 속에서 새와 햇살과 바람, 흙 속에서 하늘이 키운 야생 찻잎과 더불어 손끝에서 춤추듯 잎을 따는 삼매경에 이른다. 음다하는 과정의 다도가 아니라 거친 흙 속에서 바람과 햇살 속에서 뾰족하고 날렵한 우전의 찻잎을 따는 생활 속의 다도를 즐기며 실현하고 있다.

지리산 자락, 야생의 우전 맛은 구증구포의 아홉 번 찌고 덖는다는 정성인데 힘을 너무 주게 되면 부드럽게 말린 잎이 으스러지며 가루가 나기 쉽고 지나치게 습기를 제거하면 살청하기가 어렵다. 힘의 강약이 마치 음악의 강약 중강약 강약이라는 리듬을 타듯 부드럽게 만지며 정성을 다하는 마음과 몸의 정성에서 조화로운 에너지가 적절히 배분될 때 최선의 차가 만들어진다.

바람이 부는 쾌청한 날 산에 오르는 시적 화자의 앞에는 숲은 물론이고 들꽃까지 반가운 인사를 하듯 신나고 고마운 일상이 열린다. 때맞추어 이쪽, 저쪽에서 포르릉 새가 날아 오르고 솟아오른 햇살 아래 눈부시게 초록으로 반짝이는 찻잎을 따는 자세도 리듬을 타고 있다. 잎을 따거나 제다에 리듬감이 주입될 때 찻잎은 자신의 몸을 적당히 상처를 내며 차향을 풍기는 것이다.

정호승 시인은 「내가 사랑하는 사람」에서 "그늘이 없는 사람을 사랑하지 않고 그늘을 사랑하지 않는 사람을 사랑하지 않는다"고 노래하였다. "기쁨도 눈물이 없으면 기쁨이 아니다/사랑도 눈물 없는 사랑이 어디 있는가"

「차향」에서 추위를 견딘 칼바람 속의 차나무와 우전의 풋
사랑, 두물차의 첫사랑, 중년의 만고풍상을 노래하며 상처
나고 흔들린 차나무의 인고를 중작을 통하여 노래하며 차
의 일생이나 인간의 삶의 언저리가 둘이 아님을 형상화하
고 있다.

칼바람 속에서도
햇살을 가슴으로 품은 검푸른 차나무

우전차는 싱그러운 풋사랑
두물차는 달디단 첫사랑
중작中雀은
세상사 넘나들며 만고풍상에 흔들리는
향기 진한 중년의 사랑

봄은 기다려도 오지않고
흔들리는 마음은 나비
차밭 언저리서 서성이는 오늘

— 「차향」 전문

3. 법향은 바느질에서

스님들의 의식 옷은 가사와 장삼이다. 동방은 고름이 달
려있는 방한용의 긴 저고리 윗도리 승복이다. 대체로 누비

로 재단된 옷이고 누비 안에는 솜을 넣어 따뜻하게 만든 옷이다. 겨울철 스님들은 특별한 의식이 아니면 위에는 동방을 입는다. 바지에는 대님을 치는 한국 전통 복식형을 이용하는 것이다.

일상으로 정진하거나 일을 할 때 많이 입게 되어 승려생활을 많이 한 승려들의 동방은 해지고 닳아서 누빈 목화솜이 삐져나오는 경우를 흔히 볼 수 있다. 때문에 스님 친견 때 감동으로 다가오는 것은 해지고 닳은 옷을 그래도 아끼며 소중하게 입고 있는 모습에서 큰 울림을 받은 적이 많다.

절간에서 보내온 분홍 보자기
두 손으로 받아들고 매듭 풀었습니다

목탁 소리에 해진 큰스님 동방
누군가의 손끝에서 한 땀 한 땀

땀방울로 태어난 법의 앞에
고개가 저절로 숙여집니다

때아닌 텃밭의 목화, 스님 옷에 피어도
떠나보내지 못한 인연
쓰다듬다 보내왔을 닳고 닳은 동방
보고 또 보다가 수행하듯
하늘에 펼쳐 놓고 다시 짓습니다

　　　　　　　　　　 – 「방 안에 핀 목화송이들」 전문

절집에서 인연이 있어 시적 화자에게 온 해진 큰 스님의 옷을 받아 감동하는 장면이다. 한 땀 한 땀 손끝에서 태어난 정성스러운 옷이 이제 그 수명을 다하는 지경에 이른 가운데 그 옷을 입고 수행 정진한 수행자의 숭고한 정신을 읽고 감읍하는 장면의 묘사가 좋다.

목화가 동방에서 목화밭처럼 피어나도 그 동방을 쓰다듬으며 다시 수선하기 위하여 자신에게로 온 인연을 소중하게 받아 시적 화자도 수행하듯 하늘에 펼쳐 놓고 다시 동방의 누비를 만드는 과정을 표현하고 있다.

짧은 시이지만 한 편의 시에서 수행 정진의 큰 스님의 한 생애가 스토리텔링처럼 펼쳐지고 남은 동방이 시적 화자를 통하여 수행의 한 과정으로 다시 창조되는 신심과 인연의 불교적 성찰의 의미가 이중으로 구성되어 있다.

어려운 경전이 아니라 일상의 옷 속에서 법문의 뜨거움을 주는 화두를 던지고 있다.

아름드리 홍송이 줄지어 있는 길
한 발 두발 내딛는 발걸음 따라
근심 보따리도 따라 걷는다

무겁게 따라온 마음
풀어헤쳐 세어보고 또 세어보고
고개 숙여 엎드리면 고요만 에워싼다

부처님과 눈 맞추고 집으로 돌아오는 길

계곡에 내려앉은 달빛 소리 청아하고
발걸음도 가볍다

– 「달빛 내려앉은 길」 전문

모든 시름
연못으로 빠져들게 하는
연꽃의 힘을 아시는가

두 팔 화알짝 벌려
웃을 수 있다는 것
향기를 품을 수 있다는 것

탐, 진, 치 버리고 또 버려도
도깨비바늘처럼 엉겨오는 욕망덩어리
벗기고 벗겨내면
멀리서도 향기를 얻을 수 있는
너를 닮아 가리라

– 「도깨비바늘」 전문

　「달빛 내려앉은 길」에서 근심 보따리는 부처님의 눈맞춤으로 달빛 내리는 청아한 계곡물 소리에 발걸음 가벼워지는 예불의 기적을, 「도깨비바늘」에는 도깨비바늘처럼 엉겨붙는 탐. 진. 치의 욕망을 연꽃향으로 벗기는 자연의 무정설법을 활용하여 형상화 시키고 있다.

4. 둘이 아닌 하나의 세계–차와 꽃, 부처님의 뜰

사람도 혼자보다는 둘이 좋고 셋 보다
여러 명이 어우러져 사람의 향기를 만들 듯
녹차와 매화 향기의 만남은 설레임이다

녹매화차
구중구포의 고통을 지나야
향기롭듯 사람도 상처가 없는 사람은
향기가 없다

달짝지근한 녹매화 향은
어머니 젖가슴에서 나는 향기다
그 향기 속에 어머니의 고단한
삶이 짙게 녹아 있다

– 「녹차와 매화의 만남」 전문

　단독자의 수행보다 최근에는 크로스오버의 시대요 하이
브리드 시대이다. 따라서 두 가지 이상의 교차와 융합, 혼
성물의 특성이 각광 받고 있다. 어쩌면 녹차와 매화의 만
남이 이와같은 현대적인 기능이나 요소로 해석할 수 있을
것이다. 살청하면서 향기가 나는 차향의 특성에다 겨울 추
위를 이기고 봄을 데리고 온 매화의 안내 역할이 결합됨으
로써 더 큰 울림의 향으로 창조되면서 그것을 모성적인 삶
으로 승화시키고 있다.

"내가 화가가 된 것은 모두 꽃 덕분이다"라고 말한 모네
처럼 김재분 시인은 자신이 집을 나서서 매일같이 걷는 야
생의 숲에 있는 꽃들 때문에 꽃을 노래하고 꽃차를 만드는
수고와 즐거움을 누리는 것이 아닐까.

내게 당신이 찾아오면
여름이 가까이 온 것을 압니다

푸른 물결 내려앉은 한적한 시골길

가시 속 밝게 웃는 당신의 향기로
멱을 감습니다

－「찔레꽃 1」 전문

야무진 시인이자 당차게 촘촘한 예인, 그러나 섬세한 시
인의 감성적 분위기를 차와 꽃, 부처님의 법당에 이르는
수행 공간의 엄숙함 내지 그 진정성의 축 위에서 시와 한
국전통문화의 계승에 일익을 담당하도록 응원한다.